My first Arabic Book Of

الألوان

Wonder House

أحمر

(ahmar)

red

الفراولة

strawberry

مظلة

umbrella

وسادة

cushion

تفاحة

apple

بُرْتُقَالِي

(burtuqali)

orange

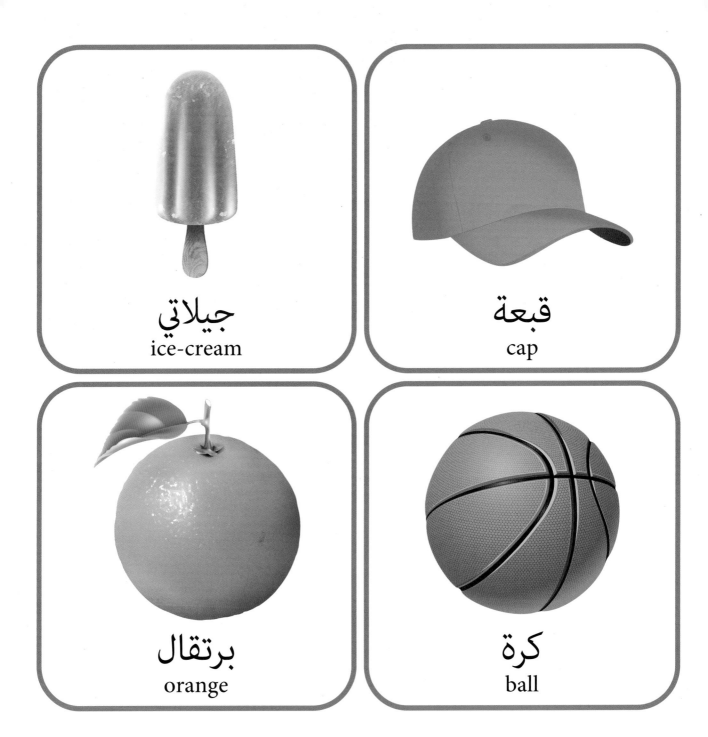

جيلاتي
ice-cream

قبعة
cap

برتقال
orange

كرة
ball

أصفر

(asfar)

yellow

ليمون
lemon

جبن
cheese

زهرة
flower

موز
banana

أخضر

(akhdir)

green

جوزة الهند

coconut

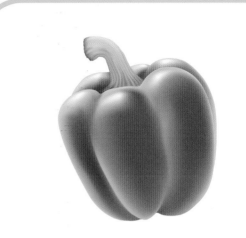

فليفلة

capsicum

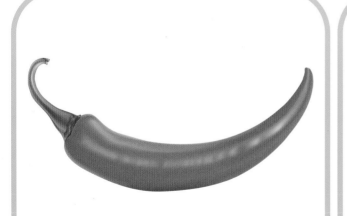

الفلفل الحار

chilli

كمثرى

pear

أزرق

(azraq)

blue

فراشة
butterfly

ياقوت أزرق
sapphire

شباشب
slippers

دلو
bucket

أسود

(aswad)

black

قبعة

hat

النمر

panther

قدح

mug

غراب

crow

أبيض

(abaidh)

white

بطة
duck

حمامة
dove

دب أبيض
bear

حليب
milk

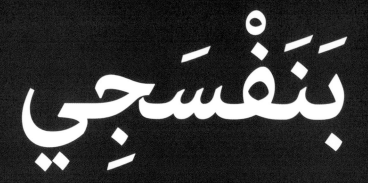

بَنَفْسَجِي

(banafsaji)

violet

عنب
grapes

باذنجان
eggplant

برقوق
plum

تين
fig

زهري

(zahri)

pink

طائر الفلامِنجو
flamingo

ورد
rose

غَزل البَنات
candyfloss

نظارات
spectacles

رمادي

(ramadi)

gray

دولفين
dolphin

حمامة
pigeon

كركدن
rhinoceros

فيل
elephant

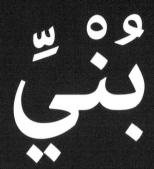

بُنِّي

(bunni)

brown

شوكولاتة
chocolate

كرسي
chair

فطيرة الشوكولاته
chocolate pie

حصان
horse

لون بواسطة رقم

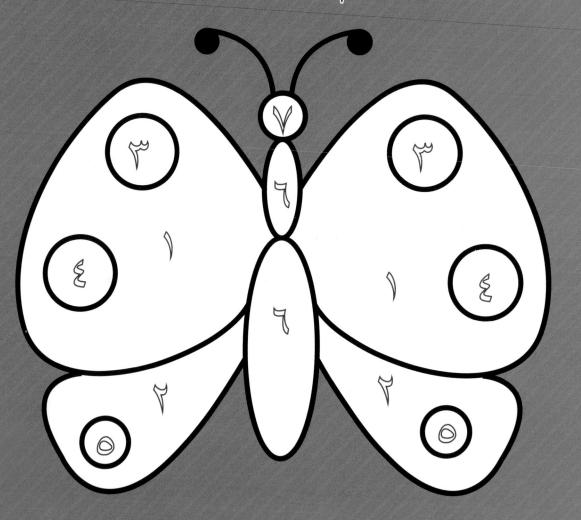